U0460373

悠悠丝路

康建国　翟禹◎著

内蒙古人民出版社

图书在版编目（CIP）数据

悠悠丝路 / 康建国，翟禹著 . -- 呼和浩特：内蒙
古人民出版社，2025. 1. --（讲好内蒙古故事口袋书系
列）.-- ISBN 978-7-204-18229-9

Ⅰ . Ⅰ247.81

中国国家版本馆 CIP 数据核字第 2024B0D786 号

悠悠丝路
YOUYOU SILU

作　　者	康建国　翟　禹	
策划编辑	王　静	
责任编辑	董丽娟	
封面设计	琥珀视觉	
出版发行	内蒙古人民出版社	
地　　址	呼和浩特市新城区中山东路 8 号波士名人国际 B 座 5 楼	
网　　址	http://www.impph.cn	
印　　刷	内蒙古金艺佳印刷包装有限公司	
开　　本	880mm×1230mm　1/32	
印　　张	4.25	
字　　数	70 千	
版　　次	2025 年 1 月第 1 版	
印　　次	2025 年 1 月第 1 次印刷	
书　　号	ISBN 978-7-204-18229-9	
定　　价	68.00 元	

如出现印装质量问题，请与我社联系。联系电话：（0471）3946120

一

"丝绸之路"一词，是德国地质地理学家李希霍芬在其著作《中国——亲身旅行的成果和以之为根据的研究》中最早提出的，是古代中国经中亚通往南亚、西亚及欧洲、北非的陆上贸易通道。"草原丝绸之路"是丝绸之路的重要干线之一，是从中国内陆经行内蒙古草原的河套地区，向北越过阿尔泰山，沿额尔齐斯河穿过南西伯利亚草原，再往西到达欧洲，主要经过草原上的游牧人地区。它是游牧文化与农耕文化的交流之路，是欧亚大陆的商贸大通道。

在欧亚大陆北方草原地区，史前先民们

已经有了深入的交流。距今约5000年的红山文化遗址中出土的大型细泥红陶彩绘平底筒形罐及鄂尔多斯高原和新疆等地出土的具有斯基泰文化因素的文物古迹即为佐证。

秦汉之际，匈奴冒顿单于统一各部，势盛，统辖大漠南北广大地区。之后，匈奴的南下与西迁，连缀并拓展了北方草原地带的丝绸之路，进而与漠南的绿洲丝绸之路构成欧亚大陆南、北两大交通要道，丝绸之路逐渐形成带状体系。唐代初期，李世民被北方草原诸部尊为"天可汗"。根据史书记载，"回纥*等请于回纥以南，突厥以北，置邮驿，总六十六所，以通北荒，号为参天可汗道，俾通贡焉"，可知回鹘诸部首领须经今内蒙古地区到中原参拜唐朝皇帝。10世纪，契丹逐渐崛起，建立了辽政权。辽太祖耶律阿保机先后两次率军西征，征服了回鹘政权，并绕过河西走廊打通了传统意义上的绿洲丝绸之路和草原丝绸之

＊注：回纥，古族名，唐贞元四年（788年），自请改称"回鹘"。为了避免表述混乱，本书中除引文尊重原作外，其他统称"回鹘"。

路。辽灭亡之际，辽宗室耶律大石率领所部越过阴山向北行进至漠北地区，势力壮大后率师西迁，建立西辽政权，疆域北至巴尔喀什湖一带，东至喀什噶尔（今新疆喀什市）、和阗（今新疆和田市），西达阿姆河。耶律大石率师西迁走的便是草原丝绸之路。夏天授礼法延祚元年（1038 年），党项人建立西夏政权，控制了河西地区，河西走廊至西域的狭长通道被分割管理，致使沟通东西方的绿洲丝绸之路的交通干线一度中断。元政

中古时期西亚地区宫廷宴会中使用的中国瓷器

3

权建立后，草原道路网得以完善而畅通无阻。西方的旅行家、使臣纷纷来到中国，最有名的要数马可·波罗。元至元八年（1271年），马可·波罗从意大利威尼斯出发，经中亚进入中国，穿过河西走廊后抵达亦集乃路（今内蒙古额济纳旗黑城遗址），又经河套地区抵丰州城（今内蒙古呼和浩特市丰州故城），元至元十二年（1275年）到达上都（今内蒙古锡林郭勒盟多伦县西北），觐见元世祖忽必烈。除了来华的欧洲旅行家，耶律楚材、乌古孙仲端、常德、列班·扫马等人的西行，也见证了草原丝绸之路的兴盛。《长春真人西游记》记录了全真派道士丘处机在大雪山（古代印度人和中亚南部人对喜马拉雅、兴都库什诸山脉的总称）被成吉思汗召见一事。丘处机一行曾西行至撒马尔罕，东归时，至阿力麻里（今新疆霍城县境内）后，直向东至昌八剌（今新疆昌吉回族自治州境内），经由别失八里（今新疆吉木萨尔县附近）东面北上，过乌伦古河重归镇海城（今蒙古国科布多东南），后向东南直奔丰州，过云中（今山西大同市），至宣德（今河北宣化区）。

中国是茶的故乡。17世纪，中国茶叶已在俄罗斯和欧洲拥有稳定的市场，草原上以肉、奶为食的游牧部族竟也到了"宁可一日无食，不可一日无茶"的地步，由此形成了以茶叶为大宗商品的商贸大通道——万里茶道。

当前，中蒙俄经济走廊建设以及把内蒙古打造成我国向北开放重要桥头堡，都是对草原丝绸之路和万里茶道的延续和发展。

目 录
CONTENTS

内蒙古大草原

远古草原先民

　　史前时期，中国北方草原就是多种文化交流融合的重要地区。20世纪70年代，考古工作者在内蒙古赤峰市境内的红山文化遗址中发现一件大型细泥红陶彩绘平底筒形罐，其器体造型鲜明体现出史前东北地区土著文化传统，器表上绘有源于西辽河地区的龙鳞纹、中亚地区的菱形方格纹、黄河中游地区的玫瑰花纹。我国著名考古学家苏秉琦先生认为，这是约5000年前亚洲东西和中国南北几种生命力旺盛的古文化在辽西地区交流汇聚的典型例证。

　　夏、商、周三代以来，特色鲜明的北方系青铜器和花边鬲更是北方草原地带各民族

　　附脊玉雕龙，高16.7厘米，身宽2.6厘米，鬣长7.2厘米，厚1.8厘米，黄色，微泛淡绿色，吻及尾端显褚红色石皮。体形较小，吻端不是平面，而为圆形且有上翘，端面饰刻短线而无表现鼻孔的双小洞；额底有网格刻线纹，但较疏朗；鬣较短，鬣面打洼，端不起尖而呈圆形；龙背钻孔，靠外一侧孔缘有明显磨痕，系以悬挂之用。

联系密切以及东西方之间草原通道客观存在的例证。中国社会科学院考古研究所研究员郭物指出："中国位于欧亚大陆的东端，史前新石器时代的各支文化基本根源于东方本土。前第三千纪至前第二千纪早期，世界四大文明古国突飞猛进。除此以外，欧亚大陆中、东部靠北，相对比较边缘的区域，也出现了几个社会飞跃发展的中心，这些中心都出现一些新的技术、新的思想，社会发展跃上一个新的台阶。比如乌拉尔山东南麓草原上的辛塔什塔文化、南西伯利亚的奥库涅夫文化、甘青地区的四坝文化和齐家文化、陕西北部的石峁文化、山西南部的陶寺遗址、内蒙古东南部的夏家店下层文化等。大量考古发现显示，这些看似彼此遥远的文明古国以及文化中心可能通过欧亚草原存在着直接

勾云形玉佩，内蒙古赤峰市巴林右旗大板镇那日斯台遗址出土，现藏巴林右旗博物馆。长 18.1 厘米，宽 10.8 厘米，厚 0.7 厘米，黄白色，少许泛绿。板状体，四角卷钩较为平直，正面有随卷钩的浅槽线，不显打洼工艺，瓦沟纹效果也不明显。背面平，近顶部有双孔。

间接的互动。我们从这些文化出土的典型文物就能清晰地看到这一点。"

红山文化玉龙，出土于内蒙古赤峰市翁牛特旗。

可见，中国北方草原地区自古以来就是一个多元文化交流交融的开放之地。中亚、西亚地区的史前文化进入中国北方草原地区与其本土文化融合之后，又传入并影响了中原地区；同样，中原文化与草原文化交流互鉴后又输出到中亚、西亚乃至全世界。

在通往西域的道路开通之前，我国中原地区与中亚、西亚的交流互动主要依靠草原通道。河南安阳殷墟遗址曾出土1200余件玉器，其中就有用新疆和田玉石制造的，这些玉石很可能就是通过北方草原运抵中原的。新疆地区的玉石甚至还通过草原通道出现在西伯利亚地区。考古学家在贝加尔湖沿岸格拉兹科沃青铜时代早期文化墓葬中发现了与我国商代玉器形制完全相同的白玉环。

　　古希腊历史学家希罗多德的著作《历史》记载了欧亚草原上游牧部族如斯基泰人、马萨革泰人等的历史，认为他们之间往来的通道——所谓的"斯基泰贸易之路"即早期的草原之路。斯基泰文化元素在我国鄂尔多斯高原、新疆以及蒙古国、俄罗斯西伯利亚等地出土的遗物中都能见到，如俄罗斯境内的巴泽雷克古墓葬就曾出土我国战国时期的丝绸、山字纹铜镜和漆器。这说明

在河西走廊这条要道开通之前，草原通道上的交流互动已很频繁，丝绸已经通过草原通道走出中国、传向世界。

相比于绿洲丝绸之路和海上丝绸之路，草原丝绸之路开通得更早，沿用时间最长。因此，从这个意义上来说，欧亚大陆的游牧人是东西方文化交流的使者。

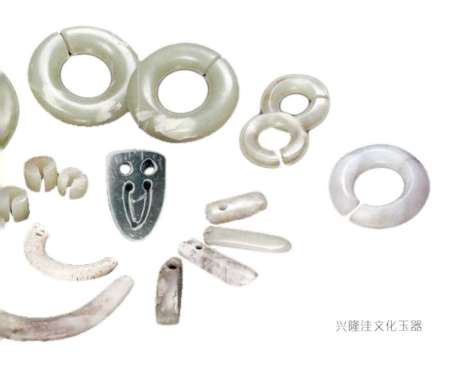

兴隆洼文化玉器

远古草原先民

阴山岩画

　　岩画，即凿刻或绘制在山崖岩壁上的图画或图符，是一种世界范围内广泛存在的古老艺术形式。内蒙古阴山地区的崖壁和岩石上刻绘着数量众多、内容丰富、形式多样的

　　北山羊岩画，发现于内蒙古包头市达尔罕茂明安联合旗境内。

大角羊岩画，发现于内蒙古巴彦淖尔市乌拉特中旗境内。

摩尔沟岩画，发现于内蒙古乌海市摩尔沟。

古代岩画，形成一条绵延千里的岩石"画廊"。

北魏地理学家郦道元所著《水经注》就有关于岩画的记载："河水又东北历石崖山西，去北地五百里。山石之上，自然有文，尽若虎马之状，粲然成著，类似图焉，故亦谓之画石山也。"20世纪30年代，中瑞西北科学考察团在阴山发现少量岩画遗存。70年代，在内蒙古文物工作队工作的盖山林在野外调查时首次发现阴山岩画，并对其进行了科学系统的考察和研究。在盖山林先生的努力下，阴山岩画逐渐引起海内外相关领域研究者的关注。2006 年，阴山岩画被列为第六批全国重点文物保护单位。

阴山山脉西段狼山一带是岩画的主要分布区，尤以内蒙古乌拉特中旗、乌拉特后旗、磴口县、阿拉善左旗等地分布最为密集。比如磴口县托林沟地区，每隔 2~3 米就有一幅岩画。默勒赫图沟一处约 100 平方米的崖壁上刻绘着众多人面像，被誉为"圣像壁"。这些分布着岩画的山谷大多有泉水流出，历史上是阴山南北交往交流的通道，也是沟通东西的交通要道，是草原丝绸之路的重要组成部分。

阴山岩画一般用岩石、青铜器或铁器等敲凿、磨刻而成，也有用颜料涂画的。从岩画中的鸵鸟和大角鹿形象推断，阴山岩画可能早在旧石器时代就已出现。由于同一时期的岩画存在叠压打破的情形，且后世对前代岩画进行模刻和补刻的现象也很多见，加上长年的日晒风蚀雨淋，如今要准确识别这些岩画难度较大。盖山林等专家认为，大部分阴山岩画是新石器时代到青铜时代的作品，其中有文字的岩画为其年代和创作主体的推断提供了相对准确的依据。

阴山一带自古以来就是各民族频繁往来之地，匈奴、柔然、鲜卑、突厥、回鹘、党项、

太阳神岩画，发现于内蒙古巴彦淖尔市境内。

蒙古等都曾在这里驻足或生活。这些刻在崖壁上的艺术品,真实地记录了他们的历史变迁和社会风貌。奇异的人面像、夸张的舞蹈图、多变的纹路等,反映出巫文化在古代北方民族群体中的盛行。弓箭、车辆及狩猎、放牧、战斗等画面描绘了游牧民族的生活场景。狼、虎、豹、野牛等野生动物和马、牛、山羊、骆驼等家畜形象,展现了历史上阴山地区水草丰美、动物成群的繁盛景象。

将一些阴山岩画与匈奴墓葬出土的鄂尔多斯青铜器进行比较,可以发现二者在纹饰题材和创作手法上具有很高的相似性。尤其是阿拉善左旗发现的一幅虎噬牛岩画,具有典型的草原风格,这种食肉动物噬咬食草动物的形象是鄂尔多斯青铜器中的重要纹饰题材。学界由此推断,这些岩画是匈奴人创作的。匈奴势力强大时,阴山南北一度成为其牧场,他们在这里留下了大量岩画作品。带有突厥文石刻的出现,证明突厥强大以后,势力范围曾覆盖阴山地区。用铁器刻画的带有回鹘文的岩画,是回鹘人在这里活动的印证。唐天宝三年(744年),以骨力裴罗为领袖的回鹘联

元代狩猎纹岩画，发现于内蒙古阿拉善盟阿拉善右旗曼德拉山一带。

盟在唐朝大军的配合下，推翻后突厥汗国，建立回鹘汗国。与回鹘有关的岩画中，车辆这一题材出现较多。在乌拉特后旗布尔很哈达山发现的一幅岩画中，共有三个车辆图形——车辕很长，有两个车轮，车上有帐——这与史书中记载的回鹘人使用的车辆形制相似。在另一处刻有回鹘文字的岩画中也出现了车轮形象。回鹘人重视商业，是唐朝对外贸易的中间商，阴山南麓是回鹘商人与唐朝往来贸易的重要场所。回鹘商人的货车穿越阴山山谷，沿着草原丝绸之路将唐朝的物产运往漠北、中亚等地。夏天授礼法延祚元年（1038年），党项人以河西地区为中心建立西夏政权，阴山成为其重要的战略屏障之一。磴口县包特根河河谷中的一处岩画刻画了两匹背向站立的马，其中一匹马背上似有鞍鞯，马的左上方有一行西夏文，汉译为"天地父母"。这幅岩画附近还有一处西夏文题记和一幅刻有西夏文的羊群岩画。类似风格的岩画还有很多，分布范围也很广。这些岩画是党项人在这里生活生产的见证，车辆形制与带鞍鞯的马匹也从侧面反映了阴山古道的交通状况。成吉思汗

人物神像岩画，发现于内蒙古乌海市召烧沟。

带领蒙古大军跨过阴山，攻灭西夏，让阴山岩画与蒙古人有了联系。

除了是历史的见证者外，岩画还是重要的艺术品，反映着不同时期、不同人群的艺术水平和审美追求，是草原丝绸之路上珍贵的文化遗产。阴山岩画更是一部展现中国古代北方民族生产生活图景的弥足珍贵的历史画卷，在世界岩画史上占据重要地位。

秦直道与参天可汗道

　　自春秋战国时期始，各诸侯国纷纷修筑长城以阻挡其他政权或北方游牧民族的袭扰。出于保障军事防御与修筑长城的后勤补给和方便军情信息传递等因素考量，秦始皇命蒙恬率军修筑了一条南起云阳（今陕西省淳化县北）、北至九原郡（今内蒙古包头市西），全长"千八百里"（合今742.5公里）的军事通道。该通道大致分为南、北两段，南段主要从子午岭主脉上通过，北段大部分修筑在鄂尔多斯高原上，基本上为南北"直通之"，故称"秦直道"，可谓中国古代的"高速公路"。

　　秦直道的修筑，进一步加强了中原和北

方草原地区的联系。到了汉代，汉匈和解以后，秦直道成为双方友好交往的通道。有学者认为，昭君出塞走的就是秦直道。

柔然崛起后与北魏冲突不断，草原通道一度断绝。在北魏做生意的粟特人不得不绕行河西走廊，走绿洲丝绸之路。这些粟特人在这条商路上留居，并最终融入中华民族大家庭之中。

6世纪中叶，突厥首领阿史那土门率领部众大败柔然，自称"伊利可汗"，建立了突厥汗国，旋即控制了河西走廊通往西域的绿洲之路中段及欧亚草原交通要道的枢纽地段。《隋书》有载："发自敦煌，至于西海（今地中海），凡为三道，各有襟带。北道从伊吾（今新疆哈密市西），经蒲类海（今巴里坤湖）铁勒部、突厥可汗廷（今新疆特克斯河一带），度北流河水（今伊犁河、楚河等），至拂菻国（东罗马帝国），达于西海。""北道"就是隋唐时期开辟的天山以

　　城川城址，即唐代宥州城遗址，位于内蒙古鄂尔多斯市鄂托克前旗境内。

北的丝绸之路。

　　唐贞观四年（630年），唐朝大军灭东突厥汗国，俘获颉利可汗。原依附于东突厥汗国的铁勒等西北诸部族由此摆脱了控制，首领纷纷来到长安（今陕西西安市），尊唐

太宗为"天可汗"。为了方便诸部族首领来中原朝觐，同时加强与唐王朝的经济往来与文化交流，唐贞观二十一年（647年），"回纥等请于回纥以南，突厥以北，置邮驿，总六十六所，以通北荒，号为参天可汗道,俾通贡焉"。

参天可汗道的开通虽缘于唐朝对漠北草原地区的羁縻和控制，但其极大地增强了漠北草原地区诸部族对中原政权的向心力，并进一步完善畅通了草原丝绸之路，促进了中原地区与漠北草原地区以及东方与西方的经济文化交流。

大漠绿洲居延

　　90多年前，中瑞西北科学考察团成员、
瑞典学者贝格曼等在额济纳河流域的汉代
亭障烽燧遗址中，发掘出1万余枚简牍，即

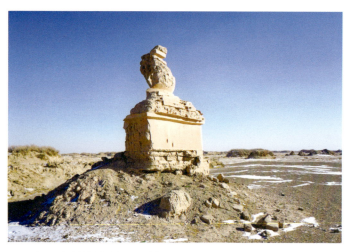

　　矗立在荒漠中的西夏佛塔遗迹，位于内蒙古阿拉善盟额
济纳旗境内。

额济纳河及其岸边的胡杨

"居延汉简"——20世纪中国档案界四大发现之一。从此，"居延"之名蜚声海内外。从今天的行政区划来看，居延遗址群分布在内蒙古自治区阿拉善盟额济纳旗和甘肃省酒泉市金塔县境内，其中的黑城、大同城、甲渠塞等重要遗存均在额济纳旗境内。

居延是草原丝绸之路上的重要节点。新石器时代，居延地区就有人类活动印迹；先秦时期是乌孙的活动区域；秦朝成为大月氏的牧地；西汉武帝时期，始见"居延"之名。"居延"为匈奴语，《水经注》解其意为"弱水流沙"。汉代，居延是通往西域的交通要冲，也是汉王朝防御匈奴的重要战略屏障之一。汉太初三年（前102年），汉武帝擢用伏波将军路博德为强弩都尉，命其驻居延地区修筑障塞、烽燧等军事设施；同时设置

额济纳河岸边的胡杨

胡杨

居延都尉府、肩水都尉府。东汉时期，在居延地区设张掖居延属国，属凉州（今甘肃武威市）管辖。汉献帝建安年间，置西海郡，治居延。

汉代开辟的丝绸之路，将居延作为重要的中转地。经过河西走廊的绿洲丝绸之路，其中一条线路就是从甘肃向北经居延地区中转，再向漠北进发。草原丝绸之路有一条

额济纳胡杨林

线路是从今内蒙古中东部地区或北
京向西，经过集宁、黄河北岸的河
套地区，再向西进入居延地区，然
后折而向北。通观大漠南北的地理
形势可知，居延地区是穿过茫茫戈
壁的最佳交通节点，过往的行人、
商队均要在此备齐补给，然后再向
戈壁进发，穿过草原，去往中亚、

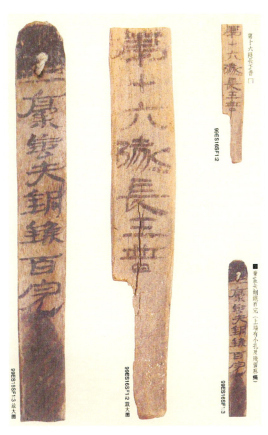

汉代居延烽燧遗址出土的木简（出自魏坚主编《额济纳汉简》，广西大学出版社2005年版）

西亚、欧洲等地。

唐王朝曾在此设"宁寇军"以统领居延军务；筑大同城以防御突厥等北方游牧民族，并为归附的突厥、回鹘等部众提供安定的生活家园，同时也为丝绸之路上过往的客商提供休憩场所。著名诗人王维在这里留下"大漠孤烟直，长河落日圆"的不朽诗句。

西夏至元代是居延地区继汉唐之后又一个重要发展时期。西夏曾在居

　　黑城遗址，位于内蒙古阿拉善盟额济纳旗境内。西夏时为黑水镇燕军司驻地；元代扩建，并设亦集乃路总管府。

　　甲渠候官 A8 鄣城遗址，位于内蒙古阿拉善盟境内。

黑城遗址中的西夏佛塔

延地区设黑水镇燕军司，建黑水城。元时在此设亦集乃路。意大利旅行家马可·波罗就是从西域经这里到达上都城的。

这一时期，居延地区十分注重发展农业，存留下来的农田和河渠等遗址皆是有力佐证。

明朝末期，由于蒙古族各部之间征战不断，土尔扈特部被迫西迁，在伏尔加河流域一带游牧。清顺治七年（1650年），土尔扈特部派遣使者与清王朝取得直接联系，并一直保持往来。清康熙三十七年（1698年），土尔扈特部500余人在阿拉布珠尔的带领下返回中

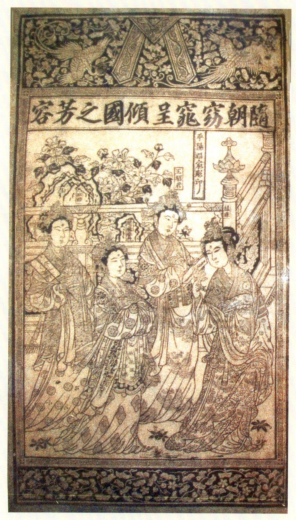

黑城遗址出土的西夏时期纸本文献《四美图》

汉代居延烽燧遗址出土的市转射（出自魏坚主编《额济纳汉简》，广西大学出版社2005年版）

国。清雍正九年（1731年），额济纳河流域被划为土尔扈特部驻牧地。清乾隆三十五年（1770年），不堪其辱的土尔扈特部发动起义，决意东归。首领渥巴锡率部众约17万人踏上行程万余里的东归之途。他们穿越险峻山川、浩瀚沙漠，冲破沙俄军队的围追堵截，历尽艰难困苦，终于回到祖国怀抱。

黑城遗址城墙上的佛塔

中华人民共和国成立之后，聚居在内蒙古阿拉善盟额济纳旗的土尔扈特部后代，为了我国航天事业的发展，迁离水草丰美的牧场，彰显了赤子情怀和以爱国主义为核心的伟大民族精神。

居延地区自古以来就是开放包容、文化荟萃之地，留下了大量珍贵的历史文化

元代亦集乃路礼拜寺遗址，位于黑城遗址城墙外。

遗存。1988 年，居延遗址入选第三批全国重点文物保护单位。如今，居延遗址作为重要的文化资源，为新时期"一带一路"建设提供了有力的文化支撑。

唐代大同城外城、内城墙体遗迹，位于内蒙古阿拉善盟额济纳旗境内。

辽上京回鹘营

《资治通鉴·唐纪二十六》载："初，奚、契丹羁属回鹘，各有监使，岁督其贡赋，且诇唐事。"契丹与回鹘自唐时就有了相当密切的接触。

回鹘汗国极盛时一直控制着契丹，派遣使者监控其地，契丹每年要向其缴纳贡赋。《辽史·仪卫志》记载："遥辇氏之世，受印于回鹘。至耶澜可汗请印于唐，武宗始赐'奉国契丹印'。"

在回鹘汗国监护契丹的这一时期内，大量回鹘人进入契丹领地，取得了很高的地位和特权。回鹘西迁后，这部分人留了下来，而且依靠之前在契丹部族中的特殊地位站稳脚跟并逐渐强大起来。辽太祖皇后述律平即为回鹘后裔。《辽史·外戚表》记载，"契丹外戚，其先曰二审密氏：曰乙室已。至辽太祖，娶述律氏。述律，本回鹘糯思之后"。述律平的父亲述律婆姑在契丹任梅里（贵戚官名），其在契丹部族中的地位和权势可见一斑。唐后期，回鹘汗国灭亡，唐王朝也日渐衰落，契丹借机迅速发展起来。建国后，契丹居其旧地并与留居此地的回鹘人通婚，同时与西迁的回鹘保持着一定的联系。述律平与耶律阿保机通婚使得述律氏家族在辽代政坛中占有重要地位，而这种政治上的联姻也使得回鹘与契丹之间的交往更加频繁。王日蔚在《契丹与回鹘关系考》一文中根据《辽史》《辽史纪事本末》等有关文献的记载进行了统计，有辽一代 200 余年间，回鹘向契丹朝贡的次数为 64 次，平均每三年一次。

辽王朝为接待回鹘商旅在上京城（今内蒙古赤峰市巴林左旗境内）设"回鹘营"："南

辽代上京城遗址，位于内蒙古赤峰市巴林左旗，是耶律阿保
机建立契丹政权以后最早建立的都城。

门之东回鹘营，回鹘商贩留居上京，置营居之。"内蒙古地区考古发掘的契丹贵族墓中，出土了玉、琥珀、琉璃、突厥钻石等随葬品，这些物品大多是产自西方的宝石类工艺品，很可能是回鹘商人带来的贡物和贸易品。

除了商品，一些西域物产也开始在辽朝疆域出现，回鹘地区产的西瓜即在这一时期传入。五代后晋人胡峤在《陷虏记》中述其北行时曾见上京一带种植西瓜："自上京东去四十里，至真珠寨，始食菜。明日，东行，地势渐高，西望平地松林郁然数十里。遂入平川，多草木，始食西瓜。云契丹破回

辽墓壁画《宴饮图》，发现于内蒙古赤峰市敖汉旗羊山1号辽墓。

纥得此种，以牛粪覆棚而种，大如中国（指中原地区）冬瓜而味甘。"《契丹国志》还对"回鹘豆"做了详细记述："回鹘豆，高二尺许，直干有叶，无旁枝，角长二寸，每角止两豆，一根才六七角，色黄，味如粟。"

随着势力的不断扩大以及丝绸之路的繁荣，辽王朝与西方的交往也更加深入。辽墓出土的伊斯兰风格的琉璃珠、玻璃器等就是中亚的产品通过丝绸之路进入我国的印证。辽代商人也沿丝绸之路不远万里到西域和中亚、西亚各国进行贸易，带去"番罗"以及精美的"蜡光绢"等物品。

丰州白塔

　　去过内蒙古首府呼和浩特市的旅客对于"白塔国际机场"应该不会陌生，但很多人可能不知道这一名字的来源。"白塔"是万部华严经塔的俗称，位于机场东南5公里处，因塔身通体洁白而名。

　　万部华严经塔原是佛寺中的一座藏经塔。塔通高55.6米，为八角七层楼阁式砖塔，基座砌莲瓣、平座栏杆和束腰，具有辽代佛塔的典型特征。辽代佛教文化非常发达，修建的佛塔数量很多。我国北方地区现存辽代佛塔百余座，部分破损严重。内蒙古赤峰市武安州辽塔的保护问题就曾引起国家重视。万部华严经塔是现存辽代佛塔中保护较好的一处。

白塔

万部华严经塔位于呼和浩特市赛罕区白塔村丰州故城遗址内。丰州城始建于辽神册年间，为辽代天德军驻地，具有重要的交通和军事地位。丰州一带是典型的"十字路口"，从这里向东可及"五京"，向南可进入中原，向北越过阴山可进入漠北，向西可至西夏乃至西域。辽代在这里设置州县和军事机构，

白塔内部墨书题记

可有效保障边疆稳固，保证草原丝绸之路畅通，促进经济文化交流和民族融合。现存丰州故城遗址平面呈长方形，南北长约 1260 米，东西宽约 1125 米。城墙用夯土筑成，残高 2~10 米，有马面、角楼等遗迹。东、南、西三面辟有城门，并加筑瓮城，地表散布辽代砖瓦、陶瓷片等。城内曾出土钱币，并发

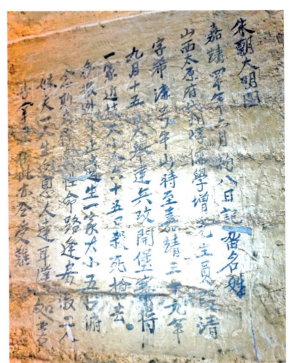

现瓷器窖藏，窖藏中有一件国宝级文物——元代钧窑瓷兽足香炉。万部华严经塔大约修筑于辽圣宗时期，建成后成为丰州城的标志性建筑。

金大定二年（1162年），曾重修丰州白塔。塔内一层回廊镶嵌9块金代石碑，现存6块，从碑刻文字中可以了解当时丰州城的布局。城内有东南、东北、西南、西北四坊，还有牛市巷、麻市巷、染巷、酪巷等行业街区，可见丰州城不仅规划齐整，工商业发展水平也很高。碑文中出现了不少以汉族姓氏命名的村庄，如李家户、薛家村，也有以女真官衔命名的村落，如长寿谋克庄、捆剌乙里董村等，还有东西使族、西通使族、移室族等部落名称，说明当时丰州及其周边地区多民族交错杂居的情况已很普遍。

这座千年古塔最值得称道的是分布在塔内 7 层回廊中的数百条历代游人墨书题记。这些题记写于金代至民国时期，最早的题记有"大定二年"字样。题记除用汉文书写者外，还有用契丹文、女真文、蒙古文乃至古叙利亚文、古波斯文等书写者，是丰州地区多民族文化交流交融的写照。类似"完颜乞汎"这样的署名题款，体现了金朝汉文使用的普遍性，即使在女真文通用时，也有用汉文直书女真语名字的现象。金时的多条题记称此塔为"丰州塔"。当时的丰州塔不仅是城市的标志性建筑，也是城中重要活动的举办地，是名人大家纷纷登临的宝塔。

元初，名臣刘秉忠途经丰州，作《过丰州》二首，其中一首写道："晴空高显寺中塔，晓日平明城上楼。车马骈阗尘不断，吟鞭斜袅过丰州。"诗作首先提到的就是丰州城的标志——"寺中塔"。塔中元代题记用汉文书写的居多，还有用八思巴字母拼写汉语的，或是用八思巴文和汉文两种文字对照并书。塔内曾出土元代初期"中统元宝交钞"，是国内现存最早的由官方正式印刷发行的纸币实物。元代，草原丝绸之路更加繁盛，大批商旅穿越草原往返欧亚。欧洲旅行家马可·波罗沿草原丝绸之路来到中国，曾在丰州及其周边地区停留，然后向东行至上都城。《马可·波罗行纪》称丰州为"天德州"，这是辽以来当地民众对此地的俗称。

辽金时期，丰州地区以汉人为主，契丹人、女真人杂居共处。元代，丰州地区的主要居民为蒙古族汪古部。汪古部与成吉思汗家族联姻，他们信奉基督教聂斯脱利派，即景教。景教与中国文化融合很深，许多景教信奉者也是儒学的推广者。由于景教起源于今叙利亚，因此景教信徒的墓石上经常可见古叙利亚文。万部华严经塔中的古叙利亚文题记，即由景教信徒所写，是当时多元宗教文化和谐并存的明证。

明代，俺答汗修筑归化城（今内蒙古呼和浩特市旧城），丰州城因此衰落并逐渐废弃。清代又在归化城东北修建了绥远城，今呼和浩特的基本形制由此形成。归化城，蒙古语称"库库和屯"，意为"青色的城"，因此呼和浩特又被称为"青城"。

随着城市的发展，废弃于荒野的丰州白塔再次成为城市的地标之一。呼和浩特白塔国际机场因建在白塔附近而名。

万部华严经塔和丰州故城遗址均被列为全国重点文物保护单位。为保护古塔，游客已不能进入塔内，但塔旁设有展厅，展示了一些历史图片。文物部门正在对展厅进行完善，力图用现代化手段将塔内文物、题记、碑刻等呈现给游客。

黑城钱粮文书

内蒙古阿拉善盟额济纳旗黑城遗址中曾出土一页纸质文书，写成于元大德四年（1300年），距今已有700多年的历史。考古工作者将其命名为《大德四年军用钱粮文卷》。

文书中写道："皇帝圣旨里，亦集乃路达鲁花赤总管府，六月口，蛮子歹驸马位下使臣帖失兀、海山太子位下使臣阿鲁灰，本路经赴术伯大王位下，为迤北军情声息勾当等事……"这页文书是元代官吏用汉文写的，但是通读全文发现，其行文不太符合汉语表达规范，而是掺杂了蒙古语表达习惯。这种掺杂蒙古语表达习惯的用汉文书写而成的文

清抄本《译语·八思巴字汇》

书，被学术界称作"元代硬译公牍文体"。这页小小的文书述及皇帝、驸马、太子、术伯、晋王等多位元朝重要人物和重大军事机密。

元至元二十三年（1286年），元朝在黑水城设立亦集乃路总管府，并在亦集乃路开发屯田，储备粮草以应对西北军事。

文书中提到的蛮子歹驸马,《元史》中写作"蛮子台",是忽必烈的女儿囊加真公主的第三任驸马、弘吉刺部第六任万户,曾跟随元世祖忽必烈赴西北亲征海都。术伯,又写作"出伯",元世祖时带领 1 万骑兵投奔忽必烈。"大德"是元成宗铁穆耳的年号,文书中所言"皇帝圣旨"应指元成宗发出的圣旨。海山为元成宗铁穆耳之侄,铁穆耳即位后,受命出镇漠北,平息海都之乱。

文书主要内容为:由于漠北发生战争,需要亦集乃路筹措军粮保障供给。元朝各路大军按照成宗皇帝圣旨，即将在西北前线展开重要军事行动。驸马蛮子台、海山、术伯、晋王等均派人到亦集乃路联络军粮调配和后勤保障等事宜。

此文书写成时间为元大德四年（1300）七月。据《元史》记载，这年八月，元军与海都军战于阔别列之地。此次战役，元军大获全胜，海都在撤军途中病死，元朝至此彻底解除了西北军事危机，维护了边疆的稳定。文书所载粮草等军需物资的供应应是专为此次决战做准备的，其重要性不言而喻。

文书后文中出现的官员和书吏，从姓名来看，大部分为汉人。其时，在亦集乃路屯垦的大都为中原移民，还有一些民族杂居其中。此文书用汉文书写，正是为了军令畅通。元朝蒙古族将领对汉文的掌握程度不高，因此行文时不仅文白混杂，还用蒙古语语法组织句子。不独此份，类似的文书大量出土，传世文献中也有很多这样的公文，比如《元典章》《通制条格》等元代重要的典章制度汇编文献。

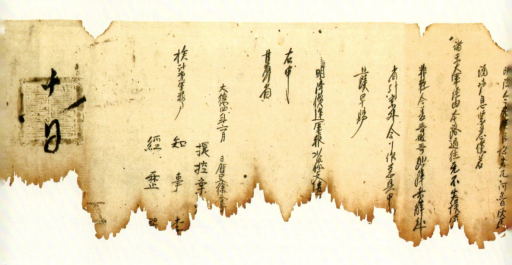

一页文书，不仅讲述了一段鲜为人知的历史故事，更见证了我国悠久的历史是各民族共同书写的、文化是各民族共同创造的这一历史事实。

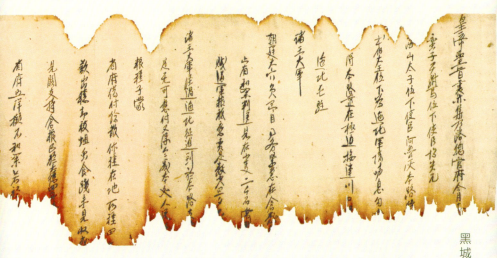

元大德四年军用钱粮文卷（出自安泳锝主编《天骄遗宝》，文物出版社 2011 年版）

金莲川幕府

蒙古汗国时期，蒙古族统治者在南下入主中原的进程中，在如何对待中原和蒙古高原各民族关系的问题上存在着分歧。如何管理中原地区，是保留其原有的社会经济制度，还是如近臣别迭等人所说，"汉人无补于国，可悉空其人以为牧地"，是摆在"君临中原"的蒙古族统治者面前的重大问题，特别是到了忽必烈时期，这个问题尤为突出。

蒙古蒙哥汗元年（1251 年），忽必烈受命总领漠南汉地军国庶事。

此后，"征天下名士而用之"，"得开府，专封拜"，建立了"金莲川幕府"。对此，《元史》记载："岁甲辰，帝在潜邸，思大有为

金莲川草原及远处的敖包遗迹，位于内蒙古锡林郭勒盟正蓝旗境内。

于天下，延藩府旧臣及四方文学之士，问以治道。"当时，"汉地不治"，邢州（今河北邢台）、河南、陕西等地皆为不治之甚者。忽必烈针对具体情况，派遣张耕、刘肃等人在邢州，史天泽、赵璧等人在河南试行改革，收到了显著效果。这使忽必烈坚定了用中原汉人儒士及汉法治汉地的决心。董文炳、史天泽、张柔及其子张弘范等都成了忽必烈手下的重要军事将领和谋臣，在他争夺汗位、排除异己、灭亡南宋、建章立制等诸多方面发挥了重要作用。金莲川幕府在忽必烈总领漠南汉地乃至以后治理国家的过程中都产生了深远影响。

忽必烈变通祖宗之法，任用中原汉人的做法触犯了蒙古宗室和权臣的利益，因而他

们多次向蒙哥汗进言，说忽必烈"专擅不法"，使得忽必烈受到"自谓遵祖宗之法"的蒙哥汗的猜忌，其在潜藩时代的一些改革举措被废除，本人也几遭不测，兵权被解。但是，只有推行汉法才可行统治之实，正所谓"帝中国，当行中国事"。

金莲川草原（一）

刘秉忠画像

元上都遗址中出土的黄、蓝、绿三色琉璃瓦当和滴水

美丽的金莲花

　　在中原儒学熏陶下成长起来的蒙古百官子弟曾主动上书忽必烈，要求通习汉法。特别是以忽必烈的嫡长子真金、木华黎的后裔安童以及畏兀儿人廉希宪、廉希贤等人为代表的蒙古、色目贵族统治阶层积极要求推行汉法的影响是不可低估的。

　　同时，徙入中原的北方地区各族民众多

元上都遗址航拍图

是蒙古、汪古、唐兀、畏兀儿、契丹、女真等族的普通百姓，他们与汉人错杂相居，一起从事农业、手工业劳动，一起服兵役，彼此影响是不可避免的。由此，各族人民基于共同利益，不断加强交流，为忽必烈推行汉法提供了有利条件。

草原国际都市

　　漠北的哈拉和林、漠南的上都城是蒙古汗国和元朝时期最著名的两座草原城市。成吉思汗西征攻下讹答剌、撒马尔罕、马鲁等城池时，俘虏了大批能工巧匠，其中，在撒

马尔罕就掳获工匠3万人。这些被掳掠来的工匠成为草原城市的建造者。

蒙古窝阔台汗七年（1235年），在鄂尔浑河上游地区修建哈拉和林城，并建四季行宫于城周围。哈拉和林城南北长约2500米，东西宽约1300米，城内有万安宫供大汗居住，万安宫周围有4座圆形建筑，是大汗兄弟、诸子和宗王的住所。另有回回区和汉人区2个居民区，还有市场和佛寺、道观、礼拜寺、基督教堂。由于蒙古草原的统一和

哈拉和林古城遗址，藏传佛教寺庙——额尔德尼召建在古城遗址内。

汗国领土的扩张，哈拉和林成为一座赫赫有名的草原城市，各国使臣、教士、商旅来访者甚多。

忽必烈受命总领漠南汉地军国庶事后，于蒙古蒙哥汗六年（1256年）在金莲川上选址修建开平城作为自己的潜邸。开平城分宫城、皇城和外城三重，有汉式宫殿大安阁、蒙古帐幕式宫殿失剌斡耳朵以及商肆、住宅、孔庙、佛寺、道观、礼拜寺等。蒙古中统元

元代青花高足杯，出土于内蒙古乌兰察布市察哈尔右翼前旗集宁路遗址。

　　元代敖伦苏木古城遗址，位于内蒙古包头市达尔罕茂明安联合旗境内艾不盖河沿岸的草原上，地表残留许多明清以来修建的佛塔塔基。

年（1260年）三月，忽必烈在此登基，继承汗位。蒙古中统四年（1263年），升开平府为上都，逐渐成为元朝的夏都，与大都（今北京市）一起形成两都制格局。有元一代，上都城一直都是连接草原与中原的中枢纽带，"控引西北，东际辽海，

元上都穆清阁遗址

南面而临制天下，形势尤重于大都"。

上都城也曾是一座国际化大都市，是当时的商业中心和文化交流中心，吸引了众多的异域商人、文人墨客。上都城遗址迄今仍存，城墙基本完好，城内外建筑遗迹和街道布局尚依稀可见，2012 年被列入《世界遗产名录》。

交通的极大便利、国家的统一促进了更大范围的人员流动和文化传播，北方草原一度成为多元文化的汇聚之地。中原和域外人士不单来此做

元上都遗址

生意、游历，很多人甚至选择留在这里和蒙古等各族百姓一起生活，他们将自己的文化、宗教、习俗等带到了北方草原地区，让这里的生活变得更加丰富多彩。各民族交错杂居、交往交流，实现了民族融合和文化共生，绘制了东西方文明、草原文明与农耕文明交流互鉴的历史画卷。

诗僧草原颂歌

　　元代中期，有一位生活在江浙一带的僧
人名叫梵琦（字楚石），他不仅佛法高深，
还精通诗词歌赋及书法。元至治三年（1323
年），英宗诏善书的僧人楚石等赴京用泥金
缮写佛经。是年春末，楚石从浙江杭州出发，
沿京杭大运河北上，于农历六月到达大都城，
然后很快投入到抄写《大藏经》的工作当中。
第二年，即元泰定元年（1324 年）夏，楚
石完成了缮写佛经的任务。因难得来一次北
方，他决定沿着皇帝巡幸避暑的路线前往上
都游历，然后再返回大都，坐船回江南。一
路上，他除了欣赏美景外，还把所见所闻、
所思所想以诗词的形式记录下来。到上都以

后，与江南大相径庭的北方草原的民俗风情令楚石感到新奇不已，于是他一口气写下了《上都（十五首）》《开平书事（十二首）》《漠北怀古（十六首）》等诗作。

"逐水草而居"的游牧生活场景

楚石在诗作中将上都城比作长安，如"听歌新乐府，行在小长安"；他还描绘了上都城美丽繁华的景象，如"内地荷花绽，南方荔子来""王畿千里近，御苑四时春""宫

游牧生活场景

元世祖出猎图（元·刘贯道绘），现藏于台北故宫博物院。

墙依树直，御榻爱花偏""玉帛朝诸国，公侯宴上京"。对城内的一些建筑和设施，楚石也做了记录，如"双阙上云霄，层城近斗枓"，描写的是呈双阙式建筑风格的穆清阁，它是上都城内最宏伟的建筑。

对于一直生活在江南地区的楚石来说，感触最深的莫过于上都城的自然环境。他的诗作中描写上都城环境、气候的诗句比比皆是，如"积雪经春在，轻霜入夏飞""盛夏不挥扇，平时常起风""避暑宜来此，逢冬可住不？地高天一握，河杂水长流。赤日不知夏，清霜常似秋。向来冰雪窟，今作帝王州""神都避暑可为欢，满地风霜六月寒"。

除了游历上都城外，楚石还经常出城游览风光，记录下草原大漠的各种景观，如"白草黄云朔漠间""边风昼起沙""塞北逢春不见花"等。

他还记录下草原上平民的生活场景:"有田稀种粟,无树强为村。土屋难安寝,飞沙夜击门。"草原上田地稀少,树木稀疏,风沙较大。楚石还描写了游牧民族的生活场景:"水草频移徙,烹庖称有无。肉多惟饲犬,人少只防狐。白氎千缣布,清尊一味酥。豪家足羊马,不羡水田种。""土窟金缯市,牙门羽木枪。地炉除粪火,瓦碗软羔羊。小妇担河水,平沙簇帐房。一家俱饱暖,浮薄笑南方。"(《当山即事(二首)》)

楚石游历上都城时所作大量诗作,为我们了解上都城的概貌、北方草原的气候环境、草原人民的风俗习惯等提供了宝贵的资料。

金莲川草原(二)

迢迢万里入华

蒙古人的西征使欧亚大陆商贸通道更加畅通，让东西方文化交流更为方便。欧洲的一些传教士和商人不远万里来到我国北方草原，留下了许多记录当时风土人情的书信和游记。

元朝的上都城和大都城，成为各国使者、商旅往来会聚之地，极为繁华。蒙古乃马真皇后称制四年（1245年），罗马教皇英诺森四世派遣方济各会修士约翰·普兰诺·加宾尼率团出使蒙古汗廷。加宾尼一行于蒙古贵由汗元年（1246年）进入钦察草原，来到钦察汗国拔都的营帐，之后穿过钦察草原，从里海、咸海北面的也的里河（今伏尔加河）、

马可·波罗画像

押亦河（今乌拉尔河）流域通过中亚，穿过锡尔河北部、巴尔喀什湖南部、察合台汗国辖地，向东翻越阿尔泰山，到达蒙古汗国的都城哈拉和林。加宾尼记录了我国北方草原地区的地理位置、气候条件，蒙古人的相貌、性格、信仰及衣食住行等风俗习惯，为欧洲乃至世界塑造了蒙古人的形象。

蒙古蒙哥汗三年（1253年），方济各会修士鲁布鲁克和不久之后欲到东方觐见蒙古大汗的小亚美尼亚国王海屯，均沿着草原丝绸之路的北线来到哈拉和林城。《鲁布鲁

元时草原丝绸之路上的欧亚商队

克东行纪》被认为是"游记文学中最生动、最动人的游记之一",甚至比《马可·波罗游记》"更为直接和令人信服"。

元至元八年（1271 年），马可·波罗及其父亲、叔父一行三人从威尼斯出发，开启了他们的东方之旅。到达中亚以后，他们经丝绸之路南道进入河西走廊。之后，马可·波罗一行到亦集乃路总管府考察后，经河套地区进入丰州并继续向东行进，终于元至元十二年（1275 年）到达上都城，在那里觐见了忽必烈。忽必烈很赏识马可·波罗的才能，甚至给他封官。

马可·波罗在元朝做官

期间，学会了汉语和蒙古语。他奉命巡视过山西、陕西、四川、云南、山东、浙江、福建等地，还以元朝官员的身份出使过缅（今缅甸）、安南（今越南）、须文达那（今苏门答腊岛）等国。元元贞元年（1295 年），马可·波罗回到威尼斯，后撰写了《马可·波罗游记》一书。此书详细记述了马可·波罗入华的经历和见闻，对元朝政治、经济、文化和风土人情、社会习俗以及其他领域的情况都有描述，还重点展示了丝绸之路沿线的风土人情、历史地理等风貌。《马可·波罗游记》向中世纪的欧洲展示了一个崭新的东方世界，加深了欧洲对东方世界特别是中国的认识。

元仁宗延祐年间，意大利人鄂多立克离开欧洲向东行，花费十余年时间游历了东方诸国。他回去以后口述了自己的经历与见闻，由一位叫威廉的教士笔录成书《鄂多立克东游录》。他首先从威尼斯乘船过黑海海峡游历西亚、南亚诸国，后辗转来到中国南海并从广州登陆，然后一路北上到达大都并在此居住了三年。三年后，鄂多立克启程归国。

《鄂多立克东游录》对沿途地理风貌、风俗民情均有记载，叙述生动。如在鄂多立克眼中，汗八里（即元大都）"是座高贵的城市，有十二门，两门之间的距离是两英里……大汗在此有他的驻地，并有一座大宫殿，大宫墙内，堆起一座小山，其上筑有另一宫殿，系全世界之最美者……宫殿雄伟壮丽，其殿基离地约两步，其内有二十四根金柱；墙上均悬挂着红色皮革，据称系世上最佳者……总之，宫廷确实雄伟，世上最井井有条者"。他多次用夸张的修辞手法来呈现汗八里的繁华："宫中央有一大瓮，两步多高，纯用一种称作密尔答哈的宝石制成，而且是那样精美，以至我听说它的价值超过四座大城。……已婚者头上戴着状似人腿的东西，高为一腕尺半，在那腿顶有些鹤羽，整个腿缀有大珠；因此若全世界有精美大珠，那准能在那些妇女的冠饰上找到。……当大王想设筵席的时候，他要一万四千名头戴冠冕的诸王在酒席上伺候他。他们每人身披一件外套，仅上面的珍珠就值一万五千弗洛林。"

可以说，这些欧洲入华旅行者为欧洲乃至整个世界打开了了解东方文明的大门。

西行传播使者

金元之际，有一批西行使者，他们因不同的目的和使命西行，并将沿途所见所闻以文字的形式记录下来，传于后世，为我们研究草原丝绸之路路线及沿线的山川风物、历史文化、民俗风情等留下了宝贵的资料。

耶律楚材是蒙古汗国时期非常著名的契丹族政治家、文士。蒙古成吉思汗十三年（1218 年），成吉思汗将其请至漠北行宫，置之左右以备顾问。次年，成吉思汗西征，耶律楚材奉命随从，后又随之东归。耶律楚材去往漠北行宫的路线在其所撰《西游录》中有记载："予始发永安，过居庸，历武川，出云中之右，抵天山之北，涉大碛，逾沙漠。

未浃十旬，已达行在。"随军西行路线为：越阿尔泰山，过瀚海，经轮台、和州，西行经阿里马、虎思斡鲁朵、塔剌思、讹答剌、撒马尔罕，到达花剌子模国。返回中原后，耶律楚材写成《西游录》，除记录了应诏面见成吉思汗及随军西行路线外，还描绘了沿途的地理风物等情况。

金元之际，道教全真派道士丘处机曾受成吉思汗的

景教墓顶石，出土于内蒙古包头市达尔罕茂明安联合旗境内的敖伦苏木古城遗址。

邀请，自中原远赴西域，为成吉思汗讲经说法。《长春真人西游记》上卷记录了丘处机一行西行至撒马尔罕，再上兴都库什山西北坡之成吉思汗行宫觐见，然后回至撒马尔罕等候正式讲道等事宜；下卷记载了丘处机一行讲道的过程东归的行程及沿途所见居民生活习俗等。丘处机一行基本上就是沿着草原丝绸之路往返的。丘处机一行西行路线如下：从山东登州（今山东蓬莱）出发至燕京（今北京），出居庸关，北上至克鲁伦河畔折向西行，至镇海城，再向西南过阿尔泰山，越过准噶尔盆地至赛里木湖东岸，而后南下经过中亚，到达兴都库什山西北坡之八鲁湾。东归时，行至阿力麻里后，直向东至昌八剌，经由别失八里东面北上，过乌伦古河重归镇海城。此后，向东南直奔丰州，过云中，至宣德。

成吉思汗西征时，木华黎率军继续进攻金国。金兴定四年（1220年），金宣宗派安延珍（一作安庭珍）与乌古孙仲端出使蒙古求和。两位使者来到木华黎处，安延珍留驻；乌古孙仲端继续西行，涉流沙，逾葱岭，历西域，至中亚谒见成吉思汗。乌古孙仲端回来以后，将远赴中亚的见闻口述给太学生刘祁，从而撰成《北使记》。

蒙古蒙哥汗九年（1259 年），常德奉蒙哥汗之命从漠北哈拉和林城出发，远赴西亚觐见伊利汗国大汗旭烈兀。蒙古中统元年（1260 年）冬，返回哈拉和林城复命。常德本人的生平及相关事迹不详，但他此次西行的沿途见闻由刘郁记述成书，即《西使记》。书中记载常德所走路线大致为：从哈拉和林城向西越过杭爱山、阿尔泰山，再经新疆进入中亚地区，而后再至西亚。该书对研究早期蒙古历史有重要史料价值，也为研究东西交通史提供了极为宝贵的资料。

基督教聂斯脱利派教士列班·扫马曾游历欧洲各国，被称为"东方的马可·波罗"。扫马年轻时弃家修行，在大都附近山中隐居。有一位来自东胜州（今内蒙古托克托县）的名叫马忽思的人向他拜师修行。之后，两人萌发了一同赴耶路撒冷朝圣的念头。于是，约元至元十二年（1275年），两人从大都出发，沿大都至上都的主干驿道西行至东胜州，沿黄河进入河西走廊，再进入西域、中亚，辗转伊利汗国前往巴格达，后因伊利汗国与钦察汗国交战，两人又回到伊利汗国，等待时机去往耶路撒冷。元至元二十四年（1287年），扫马又奉伊利汗阿鲁浑之命出使罗马教廷和欧洲。此后，罗马教廷和欧洲各国多次派遣教士、使者来中国通好、传教。清光绪十三年（1887年），叙利亚文《教长马儿·雅八·阿罗诃和巡视总监列班·扫马传》的发现，让扫马的西行经历被世人所知。

这些西方的使者以惊人的毅力和勇气，克服种种困难，一路西行。他们口述或记录下来的大量的见闻，成为后世研究草原丝绸之路的宝贵资料。

达里诺尔湖畔

蒙古汗国在欧亚草原上设立了大量的驿站，目的是"盖以通达边情，布宣号令"。据《元史·地理志》记载："元贞元年，于六卫汉军内拨一千人赴青海屯田。北方立站帖里干、木怜、纳怜等一百一十九处。"其中，帖里干道由大都北上至上都，经应昌（今内蒙古克什克腾旗达里诺尔湖西南）向东北到达呼伦湖、额尔古纳河，折向西南到克鲁伦河上游，再西行到达哈拉和林。这些驿站的设立使草原丝绸之路得到了空前发展，构建了发达的交通网络。

在内蒙古赤峰市克什克腾旗达里诺尔湖西南约 2 公里处，有一元代古城址，是蒙古

白岔河岩画，发现于内蒙古赤峰市克什克腾旗白岔河流域。

弘吉剌部的驻冬之地——应昌故城。该城是元世祖忽必烈与皇后察必的女儿囊加真公主及其驸马斡罗陈于蒙古至元七年（1270年）修建的。

应昌故城坐北朝南，由内城、外城和关郊组成。外城南北长800米、东西宽600余米，城墙残高3~5米；东、西、南三面设城门，城门处修有方形瓮城。内城在外城中

金界壕遗址

间略北，四面均有城门；城中有方形台基多处，地表有排列整齐的柱础。弘吉剌部万户蛮子台在任时，还在封地全宁路修建了全宁府，现已不存。元成宗封弘吉剌部万户雕阿不剌为"鲁王"，此后，"鲁王"王号为弘吉剌部万户世袭。因此，应昌故城又被称为"鲁王城"。鲁王雕阿不剌迎娶祥哥剌吉公

应昌路新建儒学碑记

主（元武宗之妹、元仁宗之姐，女儿是元文
宗皇后，地位显赫）后，应昌城进入鼎盛时期。

《大元加封洪吉烈（弘吉剌）氏相哥八
剌（雕阿不剌之弟）鲁王元勋世德碑》描述
了应昌城曾经的繁华景象："人民日众，车
马第舍，填郛溢廓，两路南北相去七十（"十"
应为"百"之误）余里。冬夏以避寒暑，在

达里诺尔湖畔

京师者尤为杰观。"祥
哥剌吉公主受汉文化影
响较深，非常倾慕儒学。
她曾邀请众多当世名人
到草原上讲学，使得北
方草原一度成为文人聚
集的文化圣地。祥哥剌
吉公主还是历史上有名
的女书画收藏家，其收
藏的名书画今天有 20
余幅流传于海内外。

应昌故城外城南面
东侧有儒学殿遗址，出
土《应昌路新建儒学记》
汉白玉石碑及石狮一
对。《应昌路新建儒学记》汉白玉石碑磨损
严重，其上文字大部分不能识读。据出土的
《全宁路新建儒学记》载，"创庙学于城之东，
殿为五间，郡国有学"，可见儒学在弘吉剌

元代蓟国公张应瑞家族墓地遗址

部领地十分盛行。

元至大元年（1308 年），元武宗加封孔子为"大成至圣文宣王"之后，祥哥刺吉公主曾先后两次遣使赴孔庙祭祀。在山东省曲阜市孔庙大成殿前的十三碑亭内，有两块大长公主祭孔碑。元朝不仅在北方草原上给弘吉刺部分封了驻牧地，在山东、河北、福建也给其分了地。山东的分邑是弘吉刺部在中原的第一块分邑。

元仁宗时期，祥哥刺吉公主在全宁城修建了三皇

元代应昌路故城城墙遗迹，位于内蒙古赤峰市克什克腾旗境内。

庙，开创了全宁医学教育。把三皇作为医药之祖，并由医官主持祭礼，正是从元代开始的。如今，三皇庙已不见踪迹，但有两件器物保留了下来，现存内蒙古博物院。

城市的建设为文化的发展和交流搭建了平台，在弘吉剌部的经营下，应昌城成为当时草原腹地的文化中心之一。

元代应昌路遗址旅游观光栈道

十字莲花访古

　　黄河是中华民族的母亲河。山东省菏泽市位于黄泛区核心地带，千百年来留下许多与黄河有关的故事。巨野古称钜野，因大野泽而得名。大野泽是黄河下游南岸最大的湖泊。这一带是出河入海的交通要地。巨野县位于大野泽旁边的低山残丘地区。先民择高而居，在这里留下了很多堌堆遗址。周代，巨野为鲁国封地，《左传》中记载的鲁国国君捕获麒麟的地方就在这里。

　　历史上，巨野曾多次被洪水冲毁。汉元光三年（前132年），黄河决口，流经巨野，由泗水入淮河。宋建炎二年（1128年），为抵御金兵南下，人为决开河堤，黄河由泗水和济水入黄海，巨野再次被水冲毁。明洪武七年（1374年），洪水再次淹没巨野，直至洪武九年（1376年）洪水消退，县治才得以重新迁入巨野。

洪水冲毁了大部分历史遗迹，巨野地下也因此掩埋着大量文物。近年来，大批

《表庆之碑》，收藏于巨野博物馆。

珍贵文物的出土，让巨野博物馆这座 2018 年才建成的县级馆跻身国家一级博物馆行列。巨野博物馆收藏

文物、自然标本 1.3 万余件（套），从史前到近代，时代序列较为完整。特色精品文物以汉、宋、元时期为主，有精美的玉器、青铜器、金银器、瓷器和众多珍贵的碑刻、石雕等，其中，国家一级文物 24 件（套）。

在巨野博物馆，一组元代金饰品引人注目。2007 年巨野县北关党校教学楼建设施工时，在地下发现了一块石碑。考古人员在挖掘石碑的过程中，又发现了石像生、石供桌和两座古墓。古墓一座东西朝向，一座南北朝向，均位于主墓道一侧，是异坟异葬的夫妻墓。墓碑上有能辨识的蒙古族人名和元世祖至元年号等。结合墓室和石像生位置判断，应为元代贵族家族墓地。墓地曾

古叙利亚文景教墓碑，出土于内蒙古乌兰察布市四子王旗，现藏于内蒙古博物院。

多次遭洪水侵袭，泡水严重。在东西朝向的古墓室内，考古人员从淤泥中发掘出一组元代金饰品。除金簪、金戒指、金耳环等常见物品外，一件嵌宝石掐丝金饰品和一对金十字架极为显眼。

十字架由金箔制成，表面錾刻缠枝纹，周边缀以串珠纹，"十"字的四端为三角形，均有小孔，方便缝缀在衣帽上。这种造型的十字架是基督教聂斯脱利派的标志。唐建中二年（781年）立《大秦景教流行中国碑》。唐武宗于会昌五年（845年）下诏禁止佛教流传，景教也遭波及，未几在中原地区传播中断，但在契丹、蒙古等地仍流行。元代蒙古族入主中原后，景教随之进入，元亡后传播又中断。

嵌宝石掐丝金饰件，收藏于巨野博物馆。

景教十字架与传统基督教十字架有所区别，"十"字的四端或有向内的三角缺口，或为向外突出的三角形，或缀有花纹。最重要的一点是，景教十字架常常与中国传统莲花图案组合在一起，称为"十字莲花"。

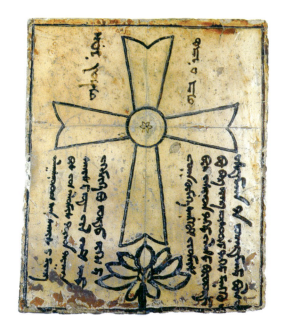

元代白釉褐彩景教瓷碑，出土于内蒙古赤峰市松山区境内。

元代，景教在今内蒙古和福建泉州地区流传较广，山东地区虽有景教信仰的记载，但此前并未发现文物。巨野博物馆展陈的金十字架，是山东省境内首次出土的与景教文化有关的文物。

与金十字架一起出土的嵌宝石掐丝金饰

件，造型较为罕见，整体近似心形，有夹层，采用锤揲、镂雕、掐丝、焊接等多种工艺制成。正面有宝石嵌孔，宝石大部分脱落，仅存叶片形绿松石。背面有纽，可以缝缀在衣帽上。这件金饰品以十字为骨架，以中国传统莲花纹相衬，据考古专家推测，应是一件宗教文化饰品。它的样式与内蒙古锡林郭勒博物馆收藏的元代嵌宝石掐丝金饰件有相似之处，类似的纹样在内蒙古乌兰察布发现的景教墓顶石上也可看到，是一件多种文化元素交融的珍贵文物。

根据现存墓碑和碑文内容，可以判断这处墓地是济

元代景教金质十字架，收藏于巨野博物馆。

宁路达鲁花赤按檀不花家族墓。济宁路为弘吉剌部在中原的分邑。作为弘吉剌部万户的家臣，按檀不花家族至少三代在济宁路各地为官。因此，巨野县发现的元代墓葬的主人应该是达鲁花赤按檀不花家族的重要成员。墓碑上刻有"表庆之碑"字样。据《巨野县志》记载，"表庆之碑"的碑文显示，按檀不花次子骚马是景教掌教司官，曾重修也里可温寺庙，因此该家族墓中有景教文化的随葬品也就不足为奇了。

　　据碑文介绍，按檀不花的祖父岳雄（一作岳难）是阿力麻里人，早年即追随成吉思汗，元代被赐封于松州（今内蒙古赤峰市松山区），死后也葬在松州。巧合的是，内蒙古赤峰市松山区也曾出土与景教文化有关的墓碑。碑身上画景教十字架，下有莲花图案。十字架上部左、右两侧为叙利亚文，下部为回鹘文。据回鹘文可知，这座墓葬的主人是一个叫药难（音译）的将军。从活动时间、身份地位以及宗教信仰来看，药难和岳雄很可能为同一人。

万里茶道传奇

内蒙古包头博物馆陈列着一组特别的文物——大块砖茶、整捆烟草、生锈的驼铃、载货的驼架……它们说不上珍贵，更算不上华美，只是清代到民国时期包头地区常见的物品，但对于这座黄河北岸的城市来说，却有着独特的历史文化意义。

清初，一度被阻断的草原丝绸之路再度焕发勃勃生机，同时形成了以福建武夷山为起点，一路向北跨越大半个中国，进入蒙古国再至俄罗斯圣彼得堡等地的国际商贸通道。这条通道行程过万里，商路上的主要商品由丝绸变成了茶叶，因此又被称为"万里茶道"。

19世纪40年代，在中俄边贸城市恰克图，茶叶已成为中国对俄贸易的主要商品。茶叶贸易的繁荣，源于游牧民族对茶叶的巨大需求。游牧民族无论长幼贫富，人人嗜茶，"宁可一日无食，不可一日无茶"。茶叶不仅是他们的生活必需品，还在贸易中充当货币角色，"行人入其境，辄购砖茶，以济银两所不通"。草原上，"羊一头约值砖茶

得胜口，位于山西省大同市新荣区境内。自明代"隆庆和议"以来，始终是中原和北方草原地区贸易往来的重要关口。

伊林驿站遗址，位于内蒙古锡林郭勒盟二连浩特市境内。

十二片，或十五片，骆驼十倍之"。茶叶热销于草原的同时，大批皮毛物资运往中原。一些地理条件优越的黄河码头成为南北货商云聚之地。

200多年前，包头还只是黄河边一个不知名的小村子。因为黄河的一次改道，才有了包头这个黄河码头。伴随着万里茶道国际贸易的繁荣，包头逐渐发展成我国西北地区著名的皮毛集散地。大量茶叶、烟草、棉布等物品在这里汇聚，然后被运往草原腹地售卖，换回皮毛、羊、骆驼等，再销往中原。

驼队是当时草原商道上重要的交通工具。著名商号"大盛魁"鼎盛时有骆驼近 2 万头，众多底层劳动者就靠拉骆驼谋生。茶叶、烟草、驼铃等见证了包头的城市发展史。

蒙古族牧民煮奶茶的场景

万里茶道路线示意图

如今，它们被放在博物馆展柜中，向人们诉说着万里茶道的故事。

内蒙古西部地区流传着一种说法，即"先有复盛公，后有包头城"。从明朝中期至民国初年的 400 余年间，无数山西人、陕西人、河北人背井离乡，打通了中原腹地与蒙古草原的经济、文化交流通道，促进了北方地区的发展。包头因为有南海子黄河码头，成为"走西口"的理想目的地之一。

山西祁县人乔贵发"走西口"的经历堪称传奇。乔贵发是晋商乔致庸的祖父，他于清乾隆二十年（1755年）前后来到包头地区，靠为军队和商旅提供草料、大豆等物资起家，后经营货栈，为旅蒙商人提供货物及饮食、住宿等服务，创立了"广盛公"商号。广盛公因投资失利遭遇重创，一度濒临破产，重新崛起后更名为"复盛公"。乔致庸接手乔

驼架，现收藏于内蒙古博物院。

家的生意后，建立起以复字号为品牌的商业集团。复字号经营范围十分广泛，茶业、绸缎、药材、皮毛、粮食、典当、估衣、钱业等无所不包。乔致庸经商重信义，不唯利是图，管理上重视人才，知人善用，为乔家生意的持续兴隆奠定了基础。

商业的发达带动了人口的集聚和城镇的发展。清嘉庆十四年（1809 年），萨拉齐理事通判厅将巡检衙门迁至包头，包头村改为包头镇。清同治九年（1870年）前后，包头围绕以乔家商铺为核心的商业街区修筑城墙，民间因此流传"先有复盛公，后有包头城"。

为了满足当地居民和来往客商食用蔬菜的需求，城东南龙王庙一带建起了多座菜园，甚至还发展出专门的行会组织"园行"。乔家的复盛园是包头规模较大的菜园。在现存的一份清光绪年间的碑刻资料中，有复盛园参与集资重修龙王庙的记载。

经商致富之后，乔致庸开始在老家置地建房。"乔家大院"亦称"在中堂"，始建于清乾隆年间，以后又两次扩建、一次增修。宅院占地面积 10642 平方米，共有 6 座大院，20 进小院，313 间房屋，呈双"喜"

字形布局，是一座全封闭城堡式建筑体。民间盛传"皇家有故宫，民宅看乔家"。整座宅院布局严谨考究，砖石木雕工艺精湛，堪称中国北方民居建筑典范。

如今，作为全国重点文物保护单位和国家二级博物馆，山西乔家大院向海内外游客讲述着晋商文化和山西的民俗风情。包头市东河区复盛西粮油店旧址上建起一条复古商业街——"乔家金街"，街区保留的吕祖庙和财神庙等清代建筑，成为这段历史的见证。

"一带一路"倡议的提出，为草原丝绸之路焕发生机带来了新契机。随着中蒙俄经济走廊建设的稳步推进，公路、铁路等基础设施不断完善，人员交流更加频繁。草原丝绸之路上开拓进取、互利合作的精神将在新时代谱写出灿烂新篇，为沿线各族人民带来新的福祉。

悠悠古道驼声

　　16世纪末，俄罗斯逐渐强大起来，势力由西向东发展，与中国北方地区的接触也日渐频繁起来。俄罗斯在临近中国西北边境地区的鄂毕河、额尔齐斯河和叶尼塞河流域修建了托博尔斯克、托木斯克、塔拉、叶尼

草原上的骆驼

塞斯克等城堡。居住在这些城堡里的俄国哥萨克官兵、移民、商人等，经常用呢料、毛皮、火枪和野兽毛皮等物品与同中国有贸易往来的蒙古、哈萨克、通古斯人交换丝绸、锦缎、瓷器、大黄等商品。

明万历四十六年（1618 年），俄罗斯伊凡·佩特林使团从托木斯克出发，经吉尔吉斯河、阿巴坎河、克姆契克河、乌布苏湖、唐努乌拉山脉、穆尔果钦等地，抵达靠近明朝边境的蒙古大板升城，通过长城边界后，又经张家口、宣化、怀来、南口和昌平等到达北京。"中国（明朝）万历皇帝晓谕俄罗斯人曰：'为贸易而来，贸易可也。去后可再来，寰宇之内，尔大君王与朕大皇帝幅员广大，两国之间道路颇为平坦。尔等上下沟通，可运来珍品，朕亦将赐以上等绸缎。'"清顺治十一年（1654 年）夏，沙皇俄国政府派赴中国的第一个正式使团在费多尔·巴伊科夫率领下，从托博尔斯克出发，负责探寻一条通向蒙古等地的"最为近便的路线"。使团沿着额尔齐斯河向东南行进，通过准噶尔盆地北缘戈壁，绕过额尔齐斯河源，于阿尔泰山南麓东行至阴山以北，然后翻越阴山来到归化城，后

驼道，位于内蒙古包头市达尔罕茂明安联合旗额尔登敖
包苏木境内。

前往北京。

清代中期，清政府重新统一了天山南北。中亚哈萨克、布鲁特中的部分部落归附清朝，并与清朝保持密切的贡使往来和贸易关系。清政府与哈萨克、浩罕之间的贸易对当时中亚地区经济发展和中亚与新疆地区的经济文化交流起到了重要作用。

清康熙三十七年（1698年），徙居伏尔加河地区的土尔扈特部500余人在阿拉布珠尔的带领下返回中国，拉开了土尔扈特部数万人回归祖国的序幕。清雍正九年（1731年），额济纳河流域被划为土尔扈特部驻牧地。清乾隆年间，3万余户约17万土尔扈特人在渥巴锡汗带领下回归祖国。

17世纪中叶至18世纪中叶，即康熙、雍正、乾隆三朝，是清朝实现全国统一的重要时期。清政府在蒙古地区及中俄边境设置了多个驿站，形成了覆盖蒙古草原的道路网络，既保障了军需，也为旅蒙商贸的发展创造了条件。欧洲、中亚各国商人依凭草原丝绸之路开辟了多条商业通道。这些商道分为东、中、西三线：由尼布楚（俄称"涅尔琴斯克"）跨越额尔古纳河（河两岸设祖鲁海图和库克多博贸易市镇），经嫩江流域的卜奎（今黑龙江省齐齐哈尔市）到北京的是东线商路；由伊尔库茨克、尼布楚，经恰克图、库伦（今蒙古国乌兰巴托）来归化城、张家口，至北京、天津的是中线商路；由托博尔斯克和叶尼塞斯克分别经塔尔巴哈台（今新疆塔城地区）、科布多（今属蒙古国）和古城（今新疆奇台县西南)等地，沿河西走廊入玉门关、宁夏，至归化城、张家口、北京的是西线商路。来自俄罗斯、普鲁士王国和布哈拉（今乌兹别克斯坦城市）的商人，将欧洲出产的毛料、呢绒等

　　明山白道，位于内蒙古呼和浩特市北郊大青山中，是明清以来丝茶驼路的重要通道。

　　轻工业产品和中亚出产的香草、宝石、麝香等珍贵物品运到尼布楚、恰克图、祖鲁海图等地，与中国商人交换丝绸、罗缎、茶叶、大黄和瓷器等货物。清康熙至乾隆年间，俄国沙皇政府还组织欧洲商团由莫斯科、圣彼得堡等地出发，将货物运输至张家口、北京等地进行贸易。同时，中国的"大盛魁"等商号也曾组织数以百计的驼队驮载着丝绸、茶叶等货物，由归化城、北京等地出发，取道科布多、塔尔巴哈台或恰克图、伊尔库茨克，抵莫斯科、圣彼得堡等城市，开展贸易活动。

20世纪20年代，中国和瑞典组成的中瑞西北科学考察团在由额济纳旗前往新疆哈密的途中碰到庞大的商贸驼队。他们将这一情景记录下来："12月5日，赫定一行遇见了一支庞大的驼队，这支从归化前往巴里坤和奇台的驼队共有1200峰骆驼和90多个人，是几家商号联合起来贩运布匹、茶叶、香烟和日杂用品的。"

结语

　　草原丝绸之路的发展历程大体上可以分为三个阶段。

　　一是史前时期亚欧大陆北方草原地区的东西文明交流与草原丝绸之路的形成。考古资料表明，史前时期，亚欧大陆北方草原地区诸先民之间就往来频繁。自今内蒙古东部地区向西延伸至欧亚草原地带的多处文化遗址中，均出土有距今 4000 多年的长条形细石器。这种细石器文化曾广泛盛行于欧亚大陆北方草原地带。古希腊作家希罗多德在他的著作《历史》中，记载了欧亚草原上的游牧部族如斯基泰人、马萨革泰人等的历史。他们之间往来的通道被称为"斯基泰贸易之路"，这应该就是最早的草原丝绸之路。具有斯基泰文化元素的文物在我国多地都能见到。

二是草原丝绸之路的贯通。秦末汉初，匈奴势力强大起来，统治着大漠南北广大区域。两汉政权与匈奴虽战争不断，但是双方的互动交流仍是频繁的。汉朝每年向匈奴输出大量的丝绸、粮食以及其他生产生活用品，匈奴的马匹也大量输入中原。匈奴将这些大宗物品部分留作己用，其余通过草原丝绸之路与中亚、西亚各地互通有无，促进了东西方的经济、文化交流。此外，汉匈双方还通过和亲来缓解冲突。随同汉朝和亲公主进入草原的还有大量技工，他们为草原地区带去了中原农耕文明先进的生产工具、生产技术等。汉代，草原丝绸之路有两条路线：一条是从蒙古高原向西翻过阿尔泰山，沿额尔齐斯河继续西进，经巴尔喀什湖北岸南下至大宛所在的费尔干纳盆地；另一条是出蒙古草

美丽的内蒙古大草原

原后南折至内蒙古额济纳旗的居延海，再向西南斜穿河西走廊，然后沿天山南麓一直向西行至喀什绿洲，最后翻越帕米尔高原来到费尔干纳盆地。

6世纪中叶，突厥首领阿史那土门大败柔然，自立为"伊利可汗"，建立了突厥汗国，旋即控制了河西走廊通往西域的绿洲之路中段及欧亚草原交通要道的枢纽地段。

隋唐时期的草原丝绸之路，《隋书》记载有三条，其中的"北道"就是草原之路，即由今新疆哈密越过天山，到巴里坤湖及铁勒部，继而由突厥汗廷西进，经乌拉尔山、伏尔加河流域等草原地带，到达拂菻国和西海。

唐朝前期，唐太宗李世民被回鹘等部族首领拥戴为各族共主，尊称"天可汗"。回鹘等部族首领赴中原参拜唐朝天子，走的就是由长安通往蒙古高原的"参天可汗道"。

三是草原丝绸之路的全盛时期。10世纪，契丹逐渐崛起，建立政权。辽太祖耶律阿保机先后两次率军西征，打通了传统的绿洲丝绸之路和草原丝绸之路。辽王朝灭亡之际，契丹皇族耶律大石率领所部军士越过阴山向北行进至漠北地区，汇聚力量之后又沿草原丝绸之路西进至西域及中亚地区，建立西辽政权。夏天授礼法延祚元年（1038年），党项人建立西夏政权，控制了河西地区，河西走廊至西域的狭长通道被分割管理，导致沟通东西方的绿洲丝绸之路的主要交通干道一度中断，中原与西方的往来主要依靠漠北的草原通道。元时，草原道路网四通八达，畅通无阻，草原丝绸之路进入全盛时期。彼时，不仅商业贸易与人员往来频繁，宗教以及文化等方面也开始广泛交流、深度交融。窝阔台汗修建的哈拉和林城和忽必烈修建的上都城，成为当时北方草原与中原地区沟通交流的中枢。2012年，元上都遗址被列入《世界遗产名录》。世界遗产委员会认为，元上都遗址作为草原都城遗址，展示了文化融合的特点，见证了北亚地区游牧文明和农耕文明之间的碰撞及相互交融。元代的草原通道大体路线是由中原北上，经漠北的哈拉和林城趋金山（阿尔泰山），折而南下至别失八里，然后沿天山北麓抵达阿力麻里，再至塔刺思，向西北达欧洲，向西南进入波斯（伊朗旧称）。

　　明朝前期，从中国与中亚帖木儿王朝互遣使臣、进行绢马交易等来看，东西陆路交通还是比较畅通的。中后期，传统的陆上丝绸之路由于战乱等因素逐渐衰落，取而代之的是海上丝绸之路。明末清初的茶马互市成为草原丝绸之路上的亮丽风景。清代，得益于草原丝绸之路，东西方的丝茶贸易依旧繁荣。因茶叶贸易而兴起的万里茶道是草原丝绸之路的重要组成部分，逐渐成为中国南北方各民族、中国与域外国家及地区之间文明互输、资源共享的大通道。由此，草原丝绸之路、万里茶道与中国北方沿黄河（长城）文化区共同构成了"一区两路"的草原历史文化遗产资源分布格局。

草原丝绸之路，见证了不同族群与多元文化的交往交流交融，也深深地影响了沿线乃至更广阔范围内的人类历史，为人类文明特别是欧亚草原地带文明的发展做出了重要贡献。2013 年 9 月和 10 月，习近平主席分别提出建设"丝绸之路经济带"和"21 世纪海上丝绸之路"的合作倡议。2015 年 3 月 28 日，国家发展改革委、外交部、商务部联合发布《推动共建丝绸之路经济带和 21 世纪海上丝绸之路的愿景与行动》，明确指出："2000 多年前，亚欧大陆上勤劳勇敢的人民，探索出多条连接亚欧非几大文明的贸易和人文交流通路，后人将其统称为'丝绸之路'。千百年来，'和平合作、开放包容、互学互鉴、互利共赢'的丝绸之路精神薪火相传，推进了人类文明进步，是促进沿线各国繁荣发展的重要纽带，是东西方交流合作的象征，是世界各国共有的历史文化遗产。"

而今，贸易往来和投资建设让古丝绸之路再度活跃起来。草原丝绸之路已不再限于茶叶、丝绸、皮毛等的贸易，而是拓展到现代工业等多种行业和领域。

内蒙古内连八省、外接俄罗斯和蒙古国，区位优势得天独厚，历史上就是草原丝绸之路和"万里茶道"的重要枢纽和通道。党的十八大以来，内蒙古以融入共建"一带一路"为引领，全面参与中蒙俄经济走廊建设，充分发挥内引外联的枢纽作用，努力以高水平开放促进高质量发展，更好服务国家向北开放。